소중한 _____에게 이 책을 드립니다.

화순
和順

초판 1쇄 인쇄_ 2021년 09월 25일 | **초판 1쇄 발행_** 2021년 09월 30일
지은이_문기주 | 펴낸이_오광수 | 펴낸곳_한걸음
디자인·편집_윤영화
주소_서울시 성동구 무학로33 115동 1202호 텐즈힐1단지
전화_02)3275-1340 | **팩스_**02)3275-1340 | **출판등록_**제2016-000036호
ISBN_979-11-6186-107-4 03810

화순
和順

문기주
시집

한걸음

문기주 시집

언제나 그 자리에서 큰 사랑으로
보듬어준, 和順

꿈이 하나둘 생기고 성공을 향한 희망에 가슴 뛸 때 내 터전이 좁다
고 느낄 때가 있었습니다.
넓은 곳에서 꿈을 펼쳐야 한다고 생각했습니다.
질풍노도의 시기를 거치고 뿜어져 나오는 혈기를 안고 그렇게 넓은
곳으로 떠났습니다.

강산이 몇 번이 변하도록 오로지 꿈과 성공을 향해 앞으로 앞으로
나아갔습니다.
인생의 길에는 평탄한 길은 어디에도 없습니다. 수많은 자갈길을 만나
고 심지어 암벽을 올라야 할 때도 있었습니다. 때로는 좌절하고 그 자리

에 주저앉고 싶을 때도 있었지만 한 걸음 한 걸음 앞으로 나아갔습니다.

휘몰아치는 삶의 터전에서 이따금 불쑥불쑥 코 끝 찡하도록 고향 생각에 몸서리칠 때도 있었습니다.

'화순'을 떠올리면 거침없이 뛰던 심장이 가라앉고 어린시절 나의 마음을 달래주던 엄마의 따스한 온기가 느껴집니다.

모두가 잠든 한밤중, 사방이 죽은 듯 고요하고 피곤에 절은 상태로 잠을 청하지만 머리가 점점 맑아질 때 가슴에서 나오는 소리에 귀기울여 봅니다. 오로지 나만의 시간입니다.

마음의 소리를 따라 한 줄 한 줄 적어내려 갑니다.

도전의 시간, 좌절의 시간, 용기의 시간을 지나면서 작게나마 소중한 지혜를 만나게 되었습니다.

이제 하나둘 쌓은 나의 세계를 펼쳐보려 합니다.

어디를 가든 나의 뿌리는 화순에 깊게 닿아 있습니다.

가슴을 뛰게 하는 것도, 좌절의 순간에 용기를 낼 수 있는 것도 긴 세월 기나긴 역사를 담은 화순의 기운을 받았기 때문일 겁니다.

언제나 항상 그 자리에서 넓은 사랑으로 모두를 보듬어준 화순의 사랑을 함께하고 싶습니다.

문기주

Contents

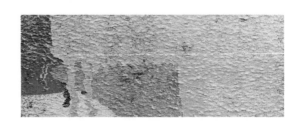

2부 한글로 살고 싶다

3부　뿌리가 보낸다

1부

和順은
어머니

서른다섯의 일기

지겹도록 짜증나는 일상
다람쥐 쳇바퀴 돌듯이 돌아가는
그저 그러한 직장업무

바랄 것은 없지만 묵묵히 인내하며
맡은 바 실무를 다하여도
돌아온 것은 책임
그러나 접지 못하고 파리 목숨 부지하듯
그렇게 이어온 직장생활
이제 내 나이도 서른다섯 살이 되었다

슬픔과 번뇌의 생활들이 어지럽게 다가오고
내 생애의 비정함이
서서히 물들어간다
주어진 일에는 꾸밈없이 대처해 나가지만

보람을 기대하지 않고 있다

내가 살아오면서

너를 만났고

만남을 지속하고 끈질기게 노력하는 것은

내가 지금껏

살아온 나날보다는

살아갈 날이 많다는 것을 알고 있기 때문이다

그런 이유로 하여

그 모든 것을 너와 함께라면

다시는 한 서린 삶을 살지 않을 것이다

화순 도곡

눈물 없이 떠나
눈물지게 하는 곳

내 고향 도곡엔
땅거미가 산다
세상 오욕을 감추게

내 고향 화순 도곡에는
도깨비가 산다
만리장성을 꿈꾸게

나는 밤낮 강도가 된다
나는 밤낮 도둑질을 한다

그 냇가

그 언덕

그 바람

그 구름

그것들을

밤새워 훔친다

향수병이 도지다

수국을 보고 있으면
고향에 계신 어머니가 그립다
송이리 송이리 핀 꽃이
어머니 품속 같아서
성큼성큼 꽃밭 속으로 들어간다
꽃잎 사이사이로 하늘이 보이고
구름이 보이고 고향 집을 혼자
지키고 계신 어머니가 보인다
삭막한 도심 한가운데서도
손 내밀면 금세
소원이 이루어지게 하는 꽃

향수병을 심하게 앓고 있는
오늘은 내 안에서 그 옛날 다정했던
동기간의 웃음이 무더기무더기 피어난다

和順은 어머니

창호지 밖 가지 흔들리는 소리에
겁먹은 작은 손이 엄니의 젖꼭지를 잡아채었다

그 손으로 귀를 막아도
매서운 소리 피할 길 없었다

내 고향 화순은 그리도 가난하여
켜켜이 쌓인 고생이 어미의 손을 갈아매고
흰 낮에 피곤이 영글게 하였다

때때로 쳐
살갗마저 가르는 바람을 피해 화순을 떠나는 길
그 아래 가난을 숨긴 듯이
오색 산이 새침하다

떠나는 화순은 어렸고

돌아오는 화순은 영글었는데

왜 그리도 눈물짓게 하는 것이냐

운주사의 목탁소리가 세상을 깨우고

웅성산이 푸르고 붉으며

창랑천이 그 밑에 흐르는

赤壁(적벽)이 부르는 노래

어머니

—
운주사에서

눈 덮인 고요한 운주사를 거닐다
돌집 앞 흰 옷깃 단단히 여미고 기도하는 이를 보았네

매서운 눈보라에도 그치지 않는 그 기원
듣는 이는 천개의 불상과 천개의 탑,
그리고 무력한 나

뒷걸음치다 마주친 불상의 무표정이 나를
흉보는 듯하다

끝나지 않는 간절한 그 기도 속에
내 몫의 기원도 보태어 운주(運舟)에 싣는다

천년, 그리고 다시 흐를 천년
세월은 내[川]가 되어 흐르고

나와 그의 기원을 담은 배가 그 길 따라
두우둥실 떠가는데

흰 옷 입은 사람아
이곳은 천년의 기원이
천만 개의 웅얼거림이 되어 머무는
천불천탑의 운주사

그대가 바람에 지쳐 그 소원 잊어도
언젠가는 배가 부처님 세계에 다다를 것을
믿는다

나는 다만 그 길을 내 기원이 돕길 바라며
불상 뒤에 숨어 눈이 그치길 기다렸다

사랑하는 이에게

인간은 누구에게나 타고난 저마다의 성격이 있습니다
저 또한 좋은 점 나쁜 점 양면을 갖고 태어났지만
어떤 이는 나의 성격을 좋아하고
어떤 이는 나의 성격을 좋아하지 않습니다
그건 그 사람의 이익에 의해 그렇게 생각할 수도 있고
대부분의 사람들은 자기 입장과 자기 이익
즉 자기 감정에 충실해서 생기는 비극이기도 합니다

하지만 이제는 자신이 생겼습니다
나를 이해하고 사랑해 주는 님이 생겨서
성격을 바꾸려고 노력하는 것보다
장점은 잘 키우고 단점은 더 잘 다듬어 가는 것이
좋을 것 같습니다
나 스스로 인정도 해주고 토닥여 주며
나의 재산으로 만들어 가고자 노력하려 합니다

이제는 있는 그대로의 나 자신을 사랑하려 합니다

사랑하는 님이 생겼거든요

저에게 가슴 뛰는 설렘을 주는 그런 사람

눈빛만 보아도 저 안에 사랑이 튀어나옵니다

그런 사람이 나를 이해하고 좋아해 줍니다

이 세상과 이별해도 그를 잊지 못할 거 같고

나한테 과분한 사랑을 주는 그 사람

늘 건강하고 모든 일 잘 되시길 염원합니다

和順 赤壁

서쪽 산기슭 저수지에 붉은 단풍과 어우러진 그 夕壁
화려하기가 임금님 병풍보다 곱구나

정든 내 고향이 깊은 푸른 물에 잠기던 날
제 옆구리 잠기는 것도 모르고 꼿꼿이 세운 천리 절벽
하늘마저 꿰뚫을 듯 높이 솟았다

인간사에 무슨 일이 벌어져도 저와는 아무 상관없다는 듯
고고한 赤壁의 무심함에 못내 서운해 하며 뒤돌지마는
찾아올 사람들 발길에 이 안온함이 깨질 것이라 예감하였다

이제는 내 영역이 아닌 흔적들과
사라져 버릴 아름다움에 대한 어떠한 哀傷이 차올라
가는 길에도 내내 뒤돌아 훔쳐보았다

그렇게 도둑마냥 떠난 和順,
세월에 흘러흘러 다시 도착하였는데
기억 속 흔적들 모두 쓸려내려가 부스러기만 남았어도
그 고고한 자태 옛 기억과 변함없다

산기슭 아래 고요히 박제된 마을이 있다
보골보골 흔적들이 내게 묻는다
赤壁은 여전히 아름답냐고
그리하여 앞으로도 영원하냐고

운주사

아침을 잡수신 엄니가 오랜만에 할아부지 보러 가자 하시더라고

씹고 있는 김치를 삼키지도 못하고 할아부지 보러 으디? 하고
물었는디 엄니는 대답은 허지 않고

얼른 눈곱 떼고 옷 갈아입으라 성화시길래 알았슈 하고
냉큼 방안에 들어갔제

안 내키지만 어떡하겠어잉. 엄니가 가자는데 가야제.
꼬슬머리 뒤로 싹 넘기고 윗도리 갈아입고 어메 따라 가보니
아따 우리 엄니도 참

나를 웬 사찰에 데리고 간겨
운주사라고, 집에서 한참이나 가야 하는 절이었제

입구에 도착허니 돌부처들이 으찌나 많은지, 퍽 신기했지

좀 걷다 보니 석탑이 떡 하니 있기에,
엄니 저게 뭐시당께? 하고 물어보니
울 엄니 시큰둥허게 9층 석탑이라 했시야
이 절에서 가장 높은 석탑이라 하더라구
내 키가 1층 중간에도 겨우 닿을락말락이어서,

허벌나게 크구마잉 하고 감탄하며 엄니 뒤를 졸졸 쫓아갔제
절은 참말로 신기했당께

석탑들이 으찌나 많은지,
네모 석탑 동그라미 석탑들이 곳곳마다 있더라구

그 중 눈에 띄었던 건 원형 다층석탑이었제

둥그런 석판들이 다닥다닥 올려져 있는 것이
소두방처럼 둥그렇던 울 할아부지 이마가 생각나더라구

대웅전은 세월도 비껴가지 못혔는지
기둥 옻칠이 벗겨진 거 보고 액싹혔는디,
워메 고것이 할아부지처럼 친근혀지 뭔가

다른 절 입구에는 사마천왕 같은 신들이 모셔져 있는디
고것도 없는 게 신기허기도 했고
그래서 엄니 붙잡고 물었제
'엄니, 할아부지 어디 계시능교?'
'어벙처럼 굴지 말고 따라오그라잉.'
'야아.'
답답혀도 어쩌겄능교. 엄니가 따라오라는디
그래서 후딱 따라갔제

엄니 따라 대웅전 경내를 지나 좌측으로 나오니, 산비탈길이
있더라고

이마에 땀이 송글송글 맺히면서 산기슭을 오르다 보니
석탑들이 또 있지 뭔가. 거북바위 석탑이라길래,
거북이 모양인 줄 알았는데 그것도 아니였어야

오층짜리 석탑도 있고 칠층짜리 석탑도 있는 게 알쏭달쏭혀서
앉아서 보고 싶었는디 엄니가 저 짝 위에서 부르더라구?
오메 오메 하며 달려가는디, 시상에

엄니가 부른 곳에 큼지막한 돌부처가 누워 있었당께

돌부처가 땅에 누워 있는 모습이 퍽 신기혀서
엄니한테 이게 무어냐고 물어보니 와불이라 그러데
그러면서 허시는 말씀이, 할아부지가 이걸 참 좋아했다고

전설에 의하면 와불이 일어서는 날 미륵불이 나타나
태평성대를 이룬다는데,

그 때 미륵불이랑 같이 엄니 보러 오겠다고
펑펑 우는 우리 엄니 손을 꼭 붙잡으면서
가시기 직전에 그리 말씀하셨데

울 엄니, 붉어진 눈시울로 덤덤히 회상하시는디 괜시리 나까지
마음 아파져서 눈물 참느라 혼났지 뭔가
'엄니는 할아부지가 보러 올 거라 믿능교?'
'어짜끄나.'
'나는 믿은디.'
'참말로?'
'미륵불이 일어나면 되는 일 아닝교? 빨리 일어나달라고
앞으로 열심히 빌어야제.'

그렇게 말하니께 엄니가 첨으로 활짝 웃으시데

엄니 웃는 얼굴이 보기 좋아 나도 어벙하게 따라 웃었제

그리고 은은히 웃는 미륵불 얼굴 보면서 속으로 빌었제

하루라도 빨리 미륵불이가 까슬까슬한 땅에서 일어나

할아부지랑 같이 엄니 집으로 찾아와 달라고

따뜻한 밥 한 끼 드시고 가라고

집으로 돌아가는 길에도 그 생각뿐이었어야

참말로 그래주면 좋을 텐디

참말로 그래주면 좋겠구마잉, 라고 쭉 말이여

화순 대리석불입상

날숨과 들숨
가고 오는 찰나의 시간 속에서
벽나리 느티나무는
저녁노을처럼 익어간다

삼백년 세월 사이로
예사롭지 않은 돌부처 하나
오른쪽 손을 가슴에 대고
왼쪽 손은 배 밑으로 내려 연꽃을 들고 서 있다

부처님 모습을 하고 있기도 하고
장승의 모습을 보이고 있기도 한데
동그란 머리에 살며시 미소짓고 있는 눈매
어디서나 쉽게 볼 수 있는 뭉툭한 콧망울
통통한 볼과 살짝 웃고 있는 자그마한 입을 보고 있으면

청아한 미소가 인다

이용대체육관과 화순소방서 사이
대리와 벽나리 사이
논이 있고
그 논 가운데 느티나무 두 그루
그 사이로 미륵불이 서 있다

뒤쪽에서 보면 자연석으로 보이고
앞면에는 얼굴 모습을 돋을새김하고
몸 부분은 선으로 새긴 석장승이다
대리 사람들도

벽나리 사람들도
석장승이 아니라 미륵불이라 여기며
삼백년을 모셨다

민불인지 미륵불인지 구분이 되지 않아
벽나리 민불이라고 여기던 사람들도
벽나리 미륵불이라고 여기던 사람들도
'화순대리석불입상'으로 여기는 것에
토를 다는 사람은 없었다

날숨과 들숨
가고 오는 찰나의 시간 속에서
벽나리 화순대리석불입상은
술이 익듯이 저녁노을처럼
그렇게 익어만 간다

백아산

세월의 풍파로 이리저리 깎인 저 우뚝 선 바위산을 보라
제 짝을 만난 흰 거위떼가 옹기종기 앉아 있는 모습이
가히 절경이로다

허연 속살은 색색으로 물들어져 다채로운 빛깔을 뽐내지만
아, 그 누가 알았으랴, 허옇고 허연 속살에 뿌리 박혀 내린
멍울이 그리도 딴딴할 줄은

마당바위 아래 뒤덮인 산철쭉이 흐무러져 달큼한 향취를 뿜는데
채 가시지 않은 뭉글한 피냄새가 울컥울컥 솟아오른다

더 나은 세상 위해 굶은 배 움켜쥐고 고인 물로 목을 축였지만
돌로 쌓은 비트 틈새로 힐끗 밖을 내다보니
저 들이민 총구 앞으로 달려오는 이가
그리운 우리 누이인 듯 싶다

아, 그 누가 알았으랴, 산봉우리마다 횃불을 올려도

끄느름한 저녁볕보다 미치지 못하여 산 아래 깜박이는 등불이

자꾸만 눈에 밟혀

흐르는 눈물 한 줄기가 시꺼먼 어둠을 뚫을 줄은

마당바위에 앉아 지그시 굽어보니

검댕이 묻은 곡괭이를 쥔 아이들이 시린 발등 호호 녹여가며

이리저리 산을 누빈다

입 안의 보리 한 톨을 느루먹으며 흙을 담은 넓은 바위에 서자

그 아래로 뭉근히 끓어오르는 산철쭉들이

뜨거운 피를 왈칵 토해낸다

아, 그 누가 알았으랴,
뿌리 박혀 내린 시허연 멍울을 단단하게 만들었던 것이
백아산을 지키고자 청춘을 불사르는 것도 마다하지 않았던
광부들의 아들들이었다는 것을

얄궂은 운명으로 갈래갈래 찢기고 말았던,
피 끓는 청춘이었다는 것을

영벽정

아침 물안개 속에 푹 안긴 채 잔달음 치니
삼백 년 묵은 왕버들이 강가에 함초롬하게 굽어 있다

쭈욱 뻗은 흙길 따라 걷자
오래된 누정 하나가 왼쪽 옆구리에는 대나무를,
오른쪽 옆구리에는 농익은 배롱나무를 낀 채 의연히 서 있다

울창한 대나무 숲 너머로 철길 달리는 소리가 들려온다

계절 따라 변하는 연주산(聯珠山)에 둘러싸인 채
샛말간 강물 위로 비추어진 삼겹짜리 지붕을 가만히 들여다보니
한때 시대를 풍미하였던 선비들의 시 읊는 소리가
대나무들 틈새로 울려 퍼진다

달이 지며 밤이 새는 광음 아래

이리저리 판치는 갈개꾼들 손아귀에 수없이 뜯겨졌어도

흐르는 강가 위로 콕 박힌 꽂꼿한 자태는

지조를 지키며 살아왔던 올곧은 선비 정신 그 자체이니라

환산정

만연산과 안양산 사이
수만리 계곡의 물줄기가
서성제로 흘러든다
사람의 손을 타지 않은 나무들이 원시림처럼 자라고
미지의 세계로 빨려들어가듯
자그마한 섬이 펼쳐진다

사백 년 묵은 소나무 사이로
높다란 기단 위에 환산정(環山亭)이 서 있다
인조가 청나라 태종에게 항복했다는 소식을 들은
百泉(백천) 柳涵(류함)이 환산정을 세우고
'원운'이라는 시를 현판 뒤에 새기었다
인조의 나약함이
대나무 같은 柳涵의 심장에 다짐을 주고
밤이 지나면 아침이 오듯이

검은색 나무에 흰 글씨의 주련이
희망처럼 깔렸다
아아, 환산정에 앉아 있기만 하여도
모든 상념에서 벗어나고
선비의 몸으로 나라를 구하기 위해 앞장선
柳涵의 기개와 충절이 서성제(瑞城堤)에
피어오른다

달도 비켜가는 세월
한 달도 버티지 못한
병자호란의 항복이
우국지한의 마음으로 피고
겨울은 봄으로 가는 과정이듯이
柳涵의 魂이 환산정을 깨운다

지석강

조용히 모래톱을 휘돌아가는 물줄기
그 위에 드리운 낡은 낚싯줄 하나
하루종일 기다려도 눈 먼 붕어 하나 잡히지 않네

길어지는 해 서산 너머로 슬금슬금 넘어가고
그 길 따라 물결은 금빛으로 물들어 내 발가락을 간질인다

재촉하듯 별이 총총 떠오르면
허겁지겁 짧은 밤이 찾아오는데

머언 곳에서 사락사락 갈잎 소리와 함께
사아아 밀려오는 아카시아 하얀 향기

내 비록 물고기는 낚지 못하였으나
그리움은 낚았어라
잊지 못할 지석강의 늦봄 초저녁

공작새

주홍빛 공작을 보라

날개를 펼칠 때마다

붉어지는 사랑의 밀어들

그 안에 고여 있는

간절한 것들이

또는 애절한 것들이

튜울립처럼 피는구나

연초록의 공작을 보라

은은함으로 자태를 뽐내는 공작 앞에

숨소리조차 멈추었구나

잿빛 공작을 보라

세사(細事)에 젖은 것들은 가라

간절하거나 애절하지 않은 것들도 가라

사랑은 갈구하지만 헤아리는 거란다

거북이 등처럼 굽은 자세로

피아노 건반 오르내리듯이

파도를 타는 공작의 눈에는

슬픔이 고였구나

물은 흘러야 맑고 깨끗한 법

공작은 세상을 날면서 바람 타는

파노라마를 그려야

진정한 아름다움인 것을 모르느냐

그대에게 말하노니

슬픈 공작의 슬픈 날갯짓을 보라

아프다면

아프게 느껴졌다면

문을 열어 하늘을 날게 하라

고인돌

그 옛날 함께 어울린 벗을 찾아온 고대의 무덤가
뛰놀던 옛 동무 어디 가고 차가운 적막만 남았누나

오래된 비석이 내어주는 침묵을 벗삼아
아슴아슴 흩어져버린 유년 추억을 기리자니
휘영청 보름달이 온 고인돌들을 비춘다

흰 달빛이 돌에 내리니 하늘에도 땅에도 별꽃이 한가득

바람이 불어 그 작은 손갈퀴로 산등성을 헤집자,
고요하던 옛 무덤 천지사방에 웃음꽃 핀다

보름달이 보내준 짧은 내 그림자와
오랫동안 자리를 지켜온 유령들이
별들과 함께 한들한들 흔들린다

아, 어느새 나는 우리가 되어 그 가운데 서 있다

새로이 사귄 오래된 벗들과 그 시절 어린아이처럼
한참을 무덤가에서 어울리자니
새벽닭이 자장노래 울어 노느라
지친 달과 별과 그림자와 유령들을 재웠다

아침 해가 비추는 것은
전 날의 신비한 옛 무덤가도 아니요, 천지사방 별꽃도 아닌,
그저 비바람에 남루해진 돌덩어리들
그것이 고인돌무덤이었다

달빛 환상이 내보여준 케케묵은 유년기를 되새기며
나 홀로 못내 아쉬워하노라

벽나리 민불

어느 날은 사무치게 외로워
새벽차에 몸을 실었네

화순 내 고향으로 향하다
도중 멈춘 곳은 황금 들녘 옆 당산나무

늦가을 햇살 아래 외톨이처럼 우두커니 서 있자니
따가운 가을 해 피해 쉬고 있던 3代가 말을 붙였다

벽나리 민불을 가리키며 인자히 웃던 어르신의 환한 얼굴
동그란 머리에 올라간 작은 입을 가진 돌 얼굴과 닮았다

외로운 이방인에게 그들은 그들의 부처를 소개하였다
비가 오나 바람이 부나 변함없이 자리를 지켜온

서로를 똑 닮은 세 얼굴과 불상이 나란히 서 있다

불상은 나이 많은 노인이 되었다가

굳센 손을 가진 장년이 되었다가

해맑은 어린아이가 된다

다음 代, 그 다음 다음 代가 지나도 세 얼굴과 불상이 있으리라

화순 벽나리에는 부처들이 산다

나는 그 사실들에 왠지 안심하여 외로움이 가시는 것을 느꼈다

낡은 기억

떨어지기 직전인 현판에 적힌 것은 "도곡초등학교*"
그 현판을 지나 오래된 교정에
어설프게 나이 먹은 이가 섰다

노래를 부르며 팔랑팔랑 고무줄을 넘나들던 소녀
날도 다 지나기 전에 뜯어온 달력으로 딱지 만들던 소년

한동안 잊었던 그리운 이름들
이제는 교정의 한구석 느티나무에 새겨진
희미한 흔적으로만 남았네

닳아버린 그 낙서는 내 허리께에 겨우 닿는다
이리도 작았던가 하여 오랜만에 나무를 타보려 하지만
낡아버린 내 몸은 한 척도 오를 수 없다

사람도 놀이도 기억도 모두 낡았네

돌아갈 수 없다는 사실은 왜 이다지도 슬픈지

＊ 1991년 3월 1일 일제의 잔재를 청산하기 위해 국민학교를 초등학교로 변경

눈 오는 날

온 도시가 구름에 갇힌 것마냥 흐린 날이었다

하늘은 점점 어두워지고
까맣고 메마른 겨울도시에
소복소복 끝없이 새 이불이 덮인다

앙상하던 가지에 하이얀 눈꽃이 피어나고
쓰레기가 굴러다니던 골목에도 어김없이 눈이 퍼부어졌다

깨끗하게 단장한 풍경 안에서
볼이 발갛게 익는지도 모르는 채
즐겁게 뛰어노는 아이들!

서로에게 건네는 눈덩이로
손은 시리고 장갑은 젖어도

마음은 난로처럼 따뜻하였다
그간 그들에겐 눈이 너무 없지 않았는가!

한참을 눈밭에서 굴러다니던 아이는
조그마한 눈사람을 만들어왔다
곧 햇빛에 눈이 녹고 다시 삭막한 도시가 드러나리라

또 하늘이 어두워지고 눈이 내릴 그 때까지의 긴 밤
아이의 곁을 지켜줄 친구를
우리집 냉동고에 넣어두었다

세량지

어느 날 꿈에 신이 이르기를,
세량지에 가장 반짝이는 보물 하나 숨겨두었다 했지
그리하여 아직 모두 잠든 시간 둑을 올랐네

새벽 검푸른 하늘 계명성
수면 위 피어오른 물안개
흐드러지게 만개한 벚꽃들

보물도 잊고 바라보다 보니
동쪽에서 희뿌옇게 해가 떠오르는데
황금도 이보단 반짝이지 않으리
햇빛이 알알이 녹아 흐르는 생명수!

그 눈부심은 과연 보물이로구나
이른 아침 세량지에서 나는 껄껄 웃었네

품앗이

오늘은 순이네 김장하는 날
녹슨 철문 안 좁은 마당에
반쯤 시든 배추 담긴 다라이 한가득

활짝 열어젖힌 대문으로
삼삼오오 동네사람들 모여든다

비록 가진 것은 많지 않으나
가난한 고향에도 사람은 있다

오늘은 순이네 내일은 철이네
온 마을 김치 맛이 다 같겠다며
마당에는 한바탕 웃음꽃

부엌에서 밥 익는 내에

어딘가서 개 짖는 소리가 들려오고
다라이에는 맛깔스런 김치가 척척 쌓인다

오가는 도움에 정이 쌓이니
이보다 더할 나위 있으랴

비록 가진 것은 없어도
정 많은 내 고향에는 사람이 있다

거미줄을 놓친 이야기

작은 생명 하나도 귀하게 여기고자
방에 들어온 벌레마저 죽이지 않았어라

어느 날 노곤한 몸을 이끌고
고대하던 밥숟갈을 떴는데
조그마한 거미 하나
흰 쌀밥 위를 기고 있었어라

항상 새기고자 했던 부처님 말씀들 하나 기억 안 나고
정신 차리고 보니 거미가 배 까뒤집고 바들바들

먹음직한 쌀밥 옆, 죽은 거미 하나
술술 들어갈 것 같던 새참도
목이 콱! 막힌 듯하여
꾸역꾸역 넘기는데

내 짧은 인내와 좁은 아량이 각다귀처럼 달라붙어
쥐고 있던 은빛 거미줄이 또옥 떨어지는 환상을 보았어라

부처같이 사는 것은 왜 이다지도 힘든 건지
주린 배 채운 간다타는 고민했어라

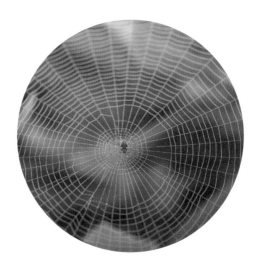

거미줄을 놓친 이야기

어느 날 석가모니께서 극락의 연못가를 거닐고 계셨다. 석가모니는 잠시 연못가에 서 계시다가 수면을 덮고 있는 연잎 사이로 연못 바닥의 모습을 보셨다.

이 극락의 연못 밑은 지옥의 바닥에 해당되는데, 수정 같은 물을 통해 삼도천(불교에서 말하는 저승 가는 길에 건넌다는 내.)과 바늘산의 모습이 마치 만화경을 들여다보듯이 확실하게 보였다.

그런데 그 지옥 바닥에 간다타라는 남자가 다른 죄인과 함께 꿈틀대고 있는 모습이 석가모니의 눈에 띄었다. 이 남자는 나쁜 짓을 많이 한 도둑인데 딱 한 번 좋은 일을 한 적이 있었다. 그것은 길바닥을 기어가는 거미 한 마리를 죽이지 않고 살려주었던 것이다. 석가모니는 그 일을 기억해 내시고는 그런 선행을 한 대가로 간다타를 지옥에서 구해 주려고 거미줄을 지옥으로 내려 보내신다.

이곳은 피 웅덩이로, 간다타는 다른 죄인과 마찬가지로 떠올랐다가 가라앉았다 하기를 반복하고 있었다. 사방이 깜깜하고 무시무시한 바늘산이 빛나고 있는 무시무시한 공간이다.

그런데 어느 날 간다타가 무심코 머리를 들어 하늘을 바라보니 멀고 먼 천상에서 은색 거미줄이 슬슬 머리 위로 내려오는 것이었다. 간다타는 기뻐하며 이 줄에 매달려 계속 올라가면 지옥에서 빠져나가는 건 물론이고, 잘만 하면 극락에도 갈 수 있을 것이라고 생각했다

그는 재빨리 거미줄을 잡고 오르기 시작했다. 하지만 지옥과 극락 사이는 몇 만 리나 되기 때문에 아무리 안달해 본들 쉽게 위로는 올라갈 수 없었다. 한참을 올라가다가 지쳐 잠깐 쉬면서 아래를 내려다보았다. 그러자 열심히 올라온 보람이 있었는지 조금 전까지 자기가 있던 피 웅덩이는 벌써 어둠 속에 가려져 있었고, 바늘산도 발 밑에 있었다.

그런데 그가 문득 정신을 차려 보니 거미줄 아래에서 수많은 죄인들이 자기가 올라온 뒤를 따라, 마치 개미의 행렬처럼 위로, 위로 열심히 올라오고 있는 것이었다. 그는 거미줄이 끊어지면 다시 지옥으로 떨어질 것이 뻔하기 때문에 뭔가 방도를 취해야겠다고 생각하여, 큰 소리로 죄인들에게 내려가라고 소리를 질렀다.

바로 그 순간, 거미줄이 갑자기 끊어지면서 눈 깜짝할 사이에 간다타는 어둠 속으로 떨어지고 말았다.

석가모니는 극락 연못가에 서서 이 모습을 물끄러미 바라보시다가 간다타가 피 웅덩이 바닥으로 가라앉자 슬픈 표정을 지으시며 다시 한가로이 걷기 시작했다. 자기만 지옥에서 빠져나오려고 하는 간다타의 무자비심이 그에 상응하는 벌을 받아 원래 있던 지옥으로 떨어진 것이 석가모니의 눈에는 한심하게 보였던 것이다.

화순아!
사랑해서 미안하다

흙에서 태어나
본향이 그리울 때
콧잔등 시큰시큰
눈물짓게 하는 곳

땅거미 연기처럼
스멀스멀 올라올 때
그만 놀고 밥 먹어라!
정겨운 어머니 목소리가 들리는 곳

찔레순 먹고 깨댕이 하고
날이 저물도록 물장구쳤던
감풀게 놀다가 도채비들을 만나면
왼씨름 오른씨름도 서슴지 않았던

내 고향 화순군 도곡면 덕산 마을

그 냇가 그 언덕 그 바람 그 구름을

음흉한 두꺼비처럼 뒷걸음질로 찾아가

날마다 어둠 속에서 훔쳐보고 있다

공작에게 배운다

소나기 한차례 지나가더니
건너편 하늘에 무지개가 뜬다
나 어릴 적 가슴이 두근거렸고
오늘도 변함없이 쿵쾅거린다

얼마 전 동물원에서
무지개를 본 적이 있다
공작 꼬리에서 펼쳐진 것은
우리 안에 갇힌 무지개였다

그때 내 안에서도
무언가 뜨기 시작했다
희·로·애·락·애·오·욕
눈부시게 슬픈 무지개였다

어머니

창호지 너머 바람소리가 매서울 때
이불 속에서 어머니 젖꼭지를 만지면 평온했다
아지랑이가 피어나고
앙증맞은 제비꽃이 피어나고
종달새가 제 목청을 한껏 가다듬어
보리밭 이랑마다에서 노래를 불러 주어도
방울방울 호미 끝에 맺힌 어머니의 땀방울은
눈물이고 슬픔이고 한숨이라서
사랑하는 자식들과 이별할 수밖에 없었다
고향을 등진 나는 어렸고
타지에서 한동안 배가 고팠지만
지금은 고향산천을 먹여 살릴 만도 한데
선영을 지키며 기다림에 지친 어머니는
이 세상에 계시지 않는다

운주사의 목탁 소리만 내 안에서 울고 있다

고향

도시에 살면서 그 흔한 눈물
그 많은 이별을 멀리하고 싶은 날
내 고향 화순으로 돌아가리라

그 옛날 아버지와 어머니
우리 육 남매가 오순도순 살았던
초가집 터에 다시 집을 지어놓고
마당에는 고추 상추 오이를 심고
울타리에 호박덩굴도 몇 개 올려
새소리 바람소리를 벗 삼으며
등이 찹찹한 마루에서 목침을 베고 누워
이리 뒹굴 저리 뒹굴 신선놀음을 하리라

제비가 날아와서
처마 밑에 집을 짓고

지지배배 지저귀면서 일가를 이루던 곳

그 싸가지 없는 놈들이

사돈네 팔촌까지 데불고 와서는

빨랫줄에 나란히 앉아 경연대회를 했던 곳

천만년을 비춘 햇볕이 노을 되어 사라지고

편안한 밤이 오면 호롱불도 켜리라

천둥과 번개가 사립문을 열고 들어오면

셋이 둘러앉아 파전에 막걸리 사발도 돌려가며

한 잔 더 할랑가? 하면서 권커니 잣거니 놀리라

2부

한글로
살고 싶다

출근길

매일 같은 역, 같은 거리
쳇바퀴 도는 출근길
고개 숙인 채 뚜벅뚜벅
낡아가는 내 구두만 보게 된 지도 십여 년

회색 옷 입은 사람들 사이에서
미어터질 버스를 기다리다 보니
한없는 권태로 가라앉는 그 지겨움
어찌할 바를 모르겠누나

삭막한 암청색 도시를 지켜보는
어느 계절의 막막한 한숨인가
장난스레 내게 봄바람 불어와
발목께에 노오란 별 하나 나를 간지럽힌다

겨울이 가고 봄이 오고
여전히 메마른 도시면서도
그 때에만 있는 사소한 행복이 곁에 있다

지겨움에 주변을 소홀히 하지 않았는지
나는 돌아볼 줄도 몰랐었네

작년에는 없었고
내년에도 없을
어느 하루 발견한
작은 꽃 한 송이

생일

내가 가진 가장 좋은 옷을 꺼내어 입고
꽃집에서 산 붉은 장미 한 송이와
내 마음을 일렁이게 한 시집 한 권을 챙기었습니다

오늘은 당신이 세상에 온 날
내가 사랑하는 이 모든 것들이
기쁜 오늘의 사소한 행복이라도 된다면!

값진 하루 보내길 기원하며
작은 정성 담아 보내오니,
그대여, 이 맘 알아주오

비 오는 날

비 오는 날에는
물이 되고 싶다

지상에서 가장
낮은 자세로 스며들어
달큰하게 젖은 흙이 되다가
목마른 나무의 벗이 되다가
토옥 톡 유리창에서 뛰어놀다가
하늘 송두리째 넘치고 싶다

끝내는
물이 되어
물로 돌아가는 목숨
누군가에게 힘이 되고 싶다
기어코 한 방울의 물이 되었다가
잔잔한 강이 되어 깊어지고 싶다

나도 부처이다

운주사에 들렀더니 와불이 누워 있다
또 다른 와불 하나 왼쪽에 누워 있다
빈자리 겨드랑 들어 슬그머니 눕는다

와불이 고개 돌려 빙그레 웃어준다
나도 와불 따라 겸연쩍게 웃어준다
이제사 운주사 와불 미륵불이 되었다

옛일이 되었다

화순에 오면

내가 잘 보인다

부모님께 효도하고 싶지만

모두 옛일이 되었다

찬바람이 부는 돌 언저리에 앉아

하늘을 올려다본다

연을 만들고

연 날리기를 하고

연싸움을 했던 어린 시절을 생각하고 있다

눈물 한 방울 발밑에 떨어진다

물동이를 이고 골목 어귀를 들어서며

"아들아!" 하고 부르는 어머니의

정겨운 목소리가 들리고

왁자지껄 대문을 열고 들어서는

불알친구들의 목소리도 들린다

그 목소리들을 사랑한 적이 있다

모두 옛일이 되었다

그냥 웃지요

'사내아이들과 개구리'
'이솝우화'를 읽는다

"도련님들!
이 참혹한 장난을 그만둬 주세요.
잘 생각해 보세요.
당신네들에게는 장난인 것도
우리들한테는 목숨을 건 일이니까요."

연못가에서 놀고 있던 수많은
개구리에게 막무가내 돌팔매질을 해댔던
어린 시절의 나에게 말하는 것 같아 죄책감이 든다
순간
개구리만도 못했다는 생각이 든다

그날을 생각하며

그냥 웃고 만다

가을 운동회

엄니
아부지!
오늘 비가 온대요
안 온대요?

운동회 날만 돌아오면
날씨부터 궁금했고 밤중에도
마당에 나와 고개가 아프도록
하늘을 올려다보았다

얼마나 기다리고
기다리던 운동회였던가!
날이 밝자마자 급한 김에 마음부터
학교로 달려가면 태극기와 만국기가 펄럭이고 있었다

태평소가 앞장서고
징, 장고, 꽹과리가 풍악을 울리고

열두 발 상모가 바람을 잡으면 어깨띠를 맨
빨강, 노랑, 하양 고깔을 쓴 소고놀이가 막을 올렸다

청군 이겨라! 백군 이겨라!
흥부네집 박통 터트리기, 장애물 넘기
달리기, 외부인사 찾아 달리기, 소고놀이와 차전놀이
덤블링, 기마전, 손에 땀을 쥐고 목이 터져라 응원을 했다

운동회의 꽃은
천 미터 이어달리기였다
네 명의 주자가 계주를 할 때 운동장에
둘러 선 사람들의 목에 힘줄이 돋아났다

머리에 질끈 띠 하나 동여맸을 뿐인데
청군과 백군은 잘도 싸웠다
해가 서산으로 넘어갈 때쯤
운동회도 꼬리를 감추었다

화순군 도곡면 덕산에서

올봄에도 제비는
처마 끝에서 집을 짓고
올여름에도 물방개는
무논에서 맴을 돌고
올가을에도 억새풀은
하얀 손수건을 흔들어주고
올겨울에도 강물은
살얼음을 덮어주는데
나만 고향 떠나
떠돌고 있었구나!

고향아!
너를 위해
어떻게 살아야 할까?

화순 사람들

내 고향 화순에서는
민요나 판소리 한 대목
못 부르는 사람이 없다

입에서 주워 삼키면
민요가 되고
곡조를 넣으면
판소리가 되기 때문이다

내가 국민학교 다닐 때는
버스 수십 대에 타고 온 사람들이
뱃놀이 하고 모래찜질 하고 나룻배를 탔다

노루목 적벽 낙화놀이는
자연과 인생과 예술이

혼연일체가 된 삼매경이었다
길 가는 사람 아무한테나
화순 적벽 가봤냐고 물어보면
안 가봤다는 사람이 없었다

춤추고 노래 부르고
북을 치고 장구를 치면서
한, 멋, 삶을 즐기는 화순 사람들

사람들은 아마 알고 있을 거야

세상이

이처럼 아름다운 것은

맑고도 밝은 것은

즐거운 노래로 가득 찬 것은

마을마다

골목마다에서

굴렁쇠 굴리는 어린해가

우쭐우쭐 하늘로 떠오르고 있어서라고

집집마다

남새밭에서

어머니 아버지의 어린 시절이

채소보다 푸르게 자라나고 있어서라고

들판마다

논두렁 밭두렁에서

할머니 할아버지의 청춘이야기가

저녁노을로 붉게 타오르고 있어서라고

아니야!

내가 감푸게 놀았던 세월을 되새김질하며

정겨운 이름들 손꼽아 불러보고 있는 것은

그 옛날이 못 견디게 그리워서라고

—

공양

나 어릴 때
어머니는
공양미 머리에 이고
쌍봉사, 유미사, 만연사……,
큰 절을 찾아다니며 불공드리러 다녔다

천불 천탑이 세워졌다는
돌부처가 누워 계시는 운주사에 데리고 가서는
언제쯤이면 우리 아들이 화순 땅에서
인정을 나누며 살 수 있느냐고
하늘의 북두칠성이 땅에 내려와야 하느냐고 물었다

용하다는 만신이나
점쟁이도 찾아다니시며
당신 아들이 말썽을 부리지 않게 해달라고

남자답게 성장해서 이웃에게 보탬이 되게 해달라고
칠성님께도 바치시던 어머니였다

어머니!
못난 아들 때문에 속 다 태우시고
강 건너 꽃 산으로 가신 어머니
그때 바친 어머니의 정성이
칠성님을 감동시켰을까요?

이제는 인정을
나눌 만 해졌으니까
아무 걱정하지 마세요
어머니의 소원대로
오직 화순만 생각하겠어요

오작교를 건너며

아내 손을 잡고
오작교를 건넌다

그 옛날 견우와 직녀가
동쪽과 서쪽에서 일 년에 한 번 만날 때
까막까치와 까마귀가 몸을 이어주던
그 다리만 오작교인 줄 알았다

기생 딸 춘향이와 사또 아들
이 도령이 신분을 초월하여
남원 광한루에서 사랑을 속삭인
그 다리만 오작교인 줄 알았다

전라남도
화순군청 앞 정원에

'사랑의 오작교'
라는 표지판이 있다

벌나비가 날아드는
이별과 슬픔이 없는

노루목 적벽에서

길이 없다
동서남북
모든 길이 막혀 있다

산들을 둘러 앉혀
병풍을 만들어 놓은
오래된 무덤 하나가
나를 주시하고 있다

아주 오래 갇혀 있던 갑갑함인 듯
우 우!
소나기 되어 달려오며 시원스런 소리를 지른다

괜찮아!
길이 막혀 있으면

하늘을 보면 되지
고개가 아프면 땅을 보면 되지

이곳에 오면 나는
물이 되니까 불이 되니까
바람이 되니까 자유로우니까

무덤 속에 있는 사람
가슴속에 있는 거 훔쳐보면 되지
무덤 속에서도 잠들지 못해
시를 쓰고 있는 사람 거 훔쳐보면 되지

설날

까치 까치
설날이 돌아오면
우리 덕산마을에서는
방앗간 발동기가 숨 가쁘게 통통거렸다
집집마다 시루에서 쪄낸 것들을 이고 지고 와서
떡가래를 뽑고 떡을 하느라 하루 종일 정신이 없었다
어머니는 밤늦도록 제수 준비를 해 놓고는
큰 놈 작은 놈 자식에게 입힐 설빔을
손으로 바느질 하느라
뜬눈으로 새벽을 맞이했다
아버지는 차례상 앞에서 절을 할 때
한 해 소원을 빌라고 했지만
나는 빨리 떡국을 먹고 싶다고 빌었다
세배를 하러 웃어른을 찾아다닐 때
어깨를 들썩이며 신나게 대문을 드나들었고

어른들은 좋은 생각만 하고
좋은 일만 생겼으면 좋겠다고
복을 짓고 복을 받아 복을 나누는
선한 사람이 되어야 한다고 덕담을 했다
설날에 세배를 가면
집집마다 떡국을 주었지만
나는 떡국을 먹으면 나이를
할 살 더 먹을까 봐 참았다

객지에서 생활한 지 수십 년이 지난
지금은
설날이 돌아와도 신명이 나지 않는다
맛있는 떡국을 먹고 조상님께 절을 하던
그 날로 돌아가고 싶다

비

남들은 비가 싫다지마는 나는 좋소

달큰하게 올라오는 젖은 흙냄새
반갑게 갈증을 달래며 싱그러워지는 목마른 친구들
또옥 톡 유리를 즐겁게 내달리며 추락하는 작은 물방울

습기를 품은 공기가 평소보다 무겁게
내 몸을 감쌀라치며는
풍경도, 그 안의 나도 짙어져서…

남들은 싫다지마는
세상을 또렷하게 만들어 주는 비가 나는 좋소

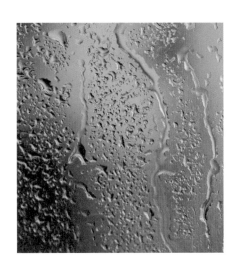

봄이 왔다가 가려거든 가거라

봄이 내 곁을 떠나려고 한다
바쁜 척하다가, 아니다!
꽃이 눈에 들어오지 않아서
벚꽃이 피어도 살구꽃이 져도
눈길을 주지 못했다
그럼에도 불구하고 내 나이테는
해마다 봄이 만들어주었다
열 살 때는 담박질을 했고
스무 살 때는 그리움으로 설렜고
2017년 봄에는 인정사정없이 뛰었다
김훈이 쓴 '칼의 노래'를 읽은 나는
대한민국을 이끌어온 이승만, 박정희, 전두환, 노태우,
김영삼, 김대중, 노무현, 이명박, 박근혜 대통령에게 감사했고
이 봄에 정의로운 사람들과 함께 하고 싶다고 다짐했다

문재인 대통령은 나라를 나라답게 만들겠다고 약속했다

올봄은

봄이 아니다

나라꼴도 말이 아니다

탄핵된 대통령 불행한 대통령만

어지러운 봄바람되어

난분분 난분분 흩날리고 있다

'사철가' 한 대목 부르고 있는 목이

꺼억꺼억 청승맞게 꺾이고 있다

한글로 살고 싶다

죄송합니다, 세종대왕님. 훈민정음을 지으신 오백일흔여섯 해 만에 말모이라는 영화를 보았습니다. 우리나라 최초의 우리말 국어사전 이야기인데요. 돈도 안 되는 글을 왜 모으나 싶었는데 까막눈 김판수가 생전 처음 글을 읽으며 우리 훈민정음 ㅎ 한글 ㅎ이 큰 글자라는 것을 알아가기 시작하더라고요. 우리말의 소중함에 눈을 떠가면서 말을 모으는 일에 힘을 보태는 판수한테서 우리말 우리글의 소중함을 깨닫게 되었습니다.

우리글이 금지된 일제 강점기에 말과 마음을 모아 사전을 만드는 일에 궂은일을 도맡았던 김판수가 일제의 감시를 피해 달아나다가 끝내는······ ·,

세종대왕님, 이 세상에서 가장 크고 큰 글자 ㅎ 으뜸인 글자 ㅎ을 제가 감히 알지 못했습니다. 말모이에서 한글의 깊이를 깨우친 김판수를 만나 말을 모은 다음에 한 사람이 열 걸음보다 열 사람의 한 걸음이 더 큰 걸음이라는 것을 가르쳐준 아버지를 둔

사람도 만나서 마음을 모아야겠어요. 백두대간 꼭대기에 올라가 ㅎ자로 두 팔을 벌리고 누워 마음껏 하늘을 들이마신 다음 대지를 박차고 일어나서 드넓은 우리 옛 땅을 되찾고 싶어요.

말을 모아 마음을 모아 한글로 온 세상을 휘두르고 싶습니다.

돌탑을 쌓는다

우리 어머니 오늘도 어김없이
천불산 운주사 일주문을 들어서신다
문 앞에 엎드려 있는
거북이 등 한번 쓰다듬은 후
개울 건너 모퉁이에서 돌탑을 쌓으신다
모양과 빛깔이 제각각인 돌이
중심을 잃고 다수 무너지기도 하지만
어머니의 돌탑 쌓기는 멈추지 않는다
모난 놈은 움푹 들어간 부분에 끼워 맞추고
큰 놈 작은 놈을 순서대로 맞추어 가면서
돌과 돌 사이에서 벌어진 틈들이
탑신을 불안하게 흔들어대기도 하지만
쓰러지지 않게 기본 틀을 잘 잡으신다

팔순이 훨씬 넘은 우리 어머니는

언제부턴가 인연 쌓는 일을 마다하셨다

다만 사람과 사람 사이에서 벌어진 틈새마다

잔돌 괴는 일을 더 소중하게 여기셨다

아들 셋 딸 셋 육 남매를 두신 우리 어머니

비록 남편은 일찍 저세상으로 보냈지만

사소한 푸념은 가슴 깊숙하게 묻어두시고

돌탑을 쌓아 평생 동안 버팀목이 되셨다

층층이 쌓인 어머니의 천불 천탑에

멀리서 날아온 풍경소리가 운다

아버지를 만난다면

하늘나라에 계신

아버지를 만난다면

단 한번만이라도 만난다면

시간을 거슬러 올라가겠다

산을 보아도 산인 줄 모르고

물을 보아도 물인 줄 몰랐던

청맹과니로 돌아가겠다

얼른 아버지 품속에 들어가서

산과 물이 다투는 소리쯤은

알아들을 수 있게 귀를

열어달라고 졸라대겠다

아빠! 아버지! 하고 한없이 부르겠다

학창시절에 이유 없이

나를 미워했던 놈들을 손가락을

꼽아가면서 일러바치겠다

그런 다음 사자후로

실컷 울음을 울겠다

끝내는 효도하고 싶다

엄마가 아들에게 주는 시

아들아!

너의 길은 혼자 가는 것이었다

살아가기 힘든 길이었다

빛 속에서 걸어가는 길이 아니라

어둠 속에서 울면서 걸어가는

흙길이었고 돌길이었고 자갈길이었다

너는 맨바닥에서부터 시작해서 춥고 배고프고

어두운 길을 걸어가는 일을 마다하지 않았다

길을 가다가 황량한 벌판을 만나고

외롭고 슬픈 길을 만나고

괴로움과 한바탕 싸움도 하면서

험난한 길을 쉬지 않고 걸어갔다

인생이란 혼자서 가는 것이다

지나온 길을 돌아보지 마라

길 위에서 주저앉지도 마라

어두운 터널을 빠져나와서 탄탄
대로를 걸을 때가 되었으니까

참다운 너와
만날 수 있으니까

신의 손을 빌린 남자

우리네 조상 중에는 신의 손을 빌린 남자가 더러 있다

고흐, 피카소, 다빈치도 흉내 못 낼 신남(神男)이
한둘이 아니었다

김홍도는 그림뿐만 아니라 거문고, 비파, 퉁소를 연주하는
음악가였다
일찍부터 치밀함과 섬세함과 과감함의 필묵구사로
멋과 문기(文氣)의 진면목을 보여준 서예가이고 시인이었다
한마디로 천지인과 삼라만상을 자유자재로 갖고 놀았다

김정호의 대동여지도를 보고 있노라면 불끈 일어선 백두대간
힘줄이 내 몸 속에서 몸체 징소리를 내며
오대양 육대주로 뻗어나간다

나는 한글로 너도 행복하고 나도 행복하고 온 세상이 행복한
한류문화강국이라는 그림을 그리고 있다

추억은 슬픈 것

혼자 있는 밤에는
상장을 꺼내보는 습관이 있다
그 옛날 아버지와 함께 살았던
어린 날로 돌아가고 싶어서이다
하늘나라에 계신 아버지가
못 견디게 그리워서이다
아빠! 나 상 많이 탔어
하고 아버지에게 여러 상패를
보여드리고 싶어서이다
상장을 들여다보고 있으면
칼로 도려낸 것처럼 가슴이 아리다
나도 모르게 눈물 한 방울 툭 떨어진다
상장 위에 떨어진 눈물을 닦고 나서
아버지를 만나러 꿈속으로 간다

어머니와 꽃게

어머니가 화순 장에서
꽃게를 사오셨다
솔로 껍질을 문지른 후
등딱지를 열고 모래주머니를 제거하신다
꽃게가 간장 속에 납작 엎드린다
어머니가 돌로 등짝을 무겁게 짓눌러준 후
등허리에 간장을 쏟아부을 때에야
꽃게는 살기 위해서 넉장거리로 버둥거린다
그러다가 제 살 속을 파고드는 어스름을
어찌할 수가 없어서인지 종국에는
옴짝달싹도 안 하고 있다

어머니가 꽃게에게 말을 건네신다
미안하다. 너와 나의 운명이란
살과 뼈가 문드러져서 껍질이
숙성될 때까지 목숨을 바쳐야 하는구나!

화순적벽에서

산에 가면 산이 기다리고
물에 가면 물이 기다리고 있다
철옹산성 감싸 도는 동복호를 따라가면
그 옛날 발길 잦았던 시인 묵객이 기다리고 있다

145

여름밤에

팔베개를 하고
평상에 누워
밤하늘을 올려다본다

우리 어머니 코고무신 같은
정겨운 초승달이
나를 내려다본다

내일은 기차표
흰 코고무신
한 켤레 사서

고향집에 홀로 계신
어머니께
갖다드려야겠다

3부

뿌리가
보낸다

대나무야 오래 서 있거라

대밭에 가면

한 해 한 해 인생을

곧고 바르게 살아온 너를 만난다

걸어온 길이 부끄럽지는 않으나

외모에서 풍기는 향기조차 훤칠하지만

마디마디마다 옹이가 박혀 있어서

목울대에 울음이 가득 차 있어서

나를 보는 듯이 안쓰러워서

시간이 날 때마다 소박한 마음으로

너를 찾아오는 것이다

네 앞에 서 있으면

생각이 옹졸하여 서둘러

분개한 일들이 무안해질 때가 있다

대나무야! 이유는 불문이다

너는 나고 나는 너니까

귀하고 소중하니까

그 자리에 그대로

가로등

풋내 나는 초여름 밤길
하릴없이 거니노면
노란 등에 점점이 박힌
어스렝이나방들

바라는 온기가
유리판에 막힌 줄 모르고
마냥 불빛에 뛰어들고 싶어서
끙 끙

허튼 날갯짓만 계속하다가
제 아픈 머리를
날개로 감싸며
끝내 추락하는

유리판의 그늘에는
무수한 그림자가 겹쳐 있어도
노란 등은 변함없네

그저 당신에게 흔적을
남기고팠으나
이조차도 허락지 않는
도시의 노란 등

—

붉은 꽃

붉은 꽃

모가지가 꺾여 시든 붉은 꽃

겹겹이 쌓인 꽃잎

끝은 뾰족하니

풍성하게 피어나 둥그렀을 모습

모가지가 꺾여 있다

꺾인 꽃대에선 피 한 방울 흐르지 않는데

붉게 물든 꽃잎 한 장

내 마음을 할퀴고 떨어지네

아린 이 마음

그 이유를 알렸다

꺾인 모가지조차

변변하게 받지 못한 당신 생각에

유월

풀밭에 드러누워 유월의 하늘을 바라본다

옥빛 하늘 쏟아지는 세찬 볕
저들끼리 무어가 좋아 속살거리는지
어린 풀잎들이 울리 운다
조그만 보폭으로 가쁘게 움직이는
작은이들의 발걸음

내 고향의 유월에서 볼 수 있는 것들

텁텁 달아오른 호흡은 뜨거워
내뱉는 숨마다 주제 없이 뛰어올라
바람 부는 적막에 끼어든다

철없는 하양 조팝꽃이

그 고요를 참지 못하고
제 꽃받침을 흔들며 재잘거리니

끝없이 그리운
내 고향 화순의 것들

살둔이 춤

화순군 이서면 적벽에서 노닐다가
춤추고 노래하고 사랑하고 싶거든
망향정 처마 끝에서 강물 속을 보아라

빨갛게 피어 있는 배롱나무 보이거든
핏빛 꽃망울 터지는 소리 들리거든
수몰민 남겨놓고 간 조상인 줄 알거라

ㅇㅎ

내 이 사람을 모두 알은 것 같다가도

또 내가 모르는 모습을 하고 나타난다

내게는 그리도 박정하던 이가

다른 이에게는 어찌나 좋은 사람이던지!

생각해 보면 나도 나를 모를지언대

우리는 얼마나 많은 오해들을 이해라 생각하며 넘어가고 있는지

사람의 사귐이란 상대를 향한 그 관심만큼

세세하게 오해하는 것일지도 모른다

나는 누구에게 몇 단어로 나뉘어 오해되었는가?

바라건대 즐거운 이해이자 오해이기를

바리데기

바리데기 공주님은
오구왕과 길대부인의 딸
약수 찾아 소양길을 떠나오

낙화 들고 금령 들고
약류수 찾아 도착한 곳에서
무장승과 칠성도령은
이미 당신을 기다리고 있었다네

무장승에게 약수는 당신이오
칠성도령에게 삼색화는 당신이오

이미 이들을 구원하시고
또 누구를 위해 길을 떠나시나이까

구약의 여로로

그리도 먼 길을 떠나왔으면서

이렇게 다시 떠나가신다면

당신의 약수는 누가 찾는답니까

바리데기 공주님은

무장승의 아내 칠성도령 어머니

약수 찾아 소양길을 떠나오

의지

나는 맑은 연못에 먹물을 뿌릴 생각은 없습니다
그냥 잔잔히 흐르는 강물 위에
작은 종이배를 띄우고 싶을 따름입니다

후회가 용납되지 않기를 바라면서
이해가 용서되지 않기를 바라면서
확고한 신념으로 걸어갑니다

찬 눈 속에서도 매화가 피듯
어둠 속에서도 별이 빛나듯
그렇게 달려갑니다

천둥이 치고
비바람이 몰아쳐도
언제나 변함없이 흐르는 유유한 물줄기처럼

자연의 섭리를 닮았습니다

갈취

가을은 준비하는 계절입니다

내가 가져야 할 꽃을
네가 가져버렸기에
순백색의 눈송이처럼 맑고 깨끗한 꽃을
겨울에는 꼭 갈취하겠습니다

겨울이 될 때까지
시들지 말고
꺾이지 말고
얌전히 기다려 주십시오
아니, 기다려 주지 않는다 하여도
겨울에는 꼭 갈취하고 말겠습니다

그리하여 봄이 되면

새로운 꽃망울을 틔우겠습니다

여름에는 힘 있는 잎과

활짝 웃는 꽃향기를 뿌리겠습니다

가을은 갈취를 준비하는 계절입니다

—
울 *

당신을 처음 봤을 때 느낌은
淑景 그 자체였어
저문 江에 삽을 씻는 농부의 마음이었어
긴 터널을 지나고 난 후의 눈부심이었지

천하를 다 얻은 기분이었어

마음을 다스리고
몸을 다스려도
빨려 들어가는 상황을 감당하기 힘들었어

떨리는 목소리
그 속에 배어 있는 사랑의 밀어들을
내 속에 스밀기에는 너무도 아까운 거야

생각에 관념을 바꾸고

가감 없는 사실 속에서 그려지고 있는 울

나는 울을 사랑하고 있다

사랑에는 배려가 있어야 하고

그 배려에는 진실이 있어야 하기에

깊이 있는 사랑을 할게

천하를 다 얻은 기분이었어

＊ 울: 우리, 한마음

깃발을 내리고

가슴을 내려쓰는
은행 이파리는
11월의 마지막 날에도 볼 수 있었다

자리 아닌 곳에서
대감 되어
죽어가는 생명들의
날개를 꺾고 있는 자를 위하여
우리는
잇빨을 되씹고 술잔을 기울일 것이다

한 사람을 짓밟고
한 사랑을 뭉개는

그리고

행복의 몸뚱아리에

냄새나는 오줌을 갈기고 있는 자를 위하여

우리는

아구빨로 깃발을 내릴 것이다

—
말[馬]

彈力 있는 筋肉
미끈하고 탄탄한 體型
순발력 있는 靈氣體가
아스무레 안개 걷고
새 날을 열었습니다

험한 세상
거침없이 이기고 싶어
정남향 터를 잡고
낮 열두시
하늘을 쳐다봅니다

瑞相과 흉조를 알려주고
我,
靈魂 태우고 가라고
태양빛 무지하게 받습니다

삶

살아간다는 것은
살고 있다는 것입니다

시작이 있으면
끝이 있습니다
그러나 시작은 끝을 맺지 못하고
죽어버립니다

걷는다는 것은
순간 순간의 일이라
미처 깨닫지 못하고
훌쩍 지나가 버립니다

소리

누군가의 마음이 저리도 고운가

호숫가를 돌아와 조요로히
내 곁에 날개 접는 한 마리 湖点
어디 기다리는 마음처럼
빛으로 넘치는 꽃잎에서
피어오르는 향기로운 빛깔 같은 것

나는
죽어가는 이 순간에도
저 무수한 꽃술마다
나의 영혼을 남기리라

꽃의 가슴에 물결치는 환희를 불어주는
나의 입술의

아, 오늘 鐘이 되어 울리게 하라!

화순역

파란 지붕 하얀 판에 검은 자로 적힌
화순역의 이름을 기억하고 있네

역사에 발을 디디며
나긋하고 조화로운 이 땅에 도착하니

자연이 적벽을 둘러주고
생명수가 휘감아 흐르는 절경이여

시간이 쌓은 돌무덤이 놓여 있고
모두의 지혜가 쌓인 저수지가 보이네

천년을 백년같이
세월마저 고였다 흐르는 내 고향은
이 모든 기억이 머물며 쉬는 화순

자갈의 선로를 따라

굽이굽이 흐르는 이 열차

내가 타고 있는 이 열차는

추억으로 향하고 있네

별

곱디 곱게 깔린 먹빛 비단
흩뿌려진 하얀 별가루

저수지 수면
일렁이는 은색 윤슬
하늘과 그 아래 두 배의 별

한아름의 별들이 입 모아 속삭이는 은빛 합창
머언 땅과 하늘 저 편의 머나먼 곳
우리 누구의 외침도 닿지 않을 항성에서
그들 또한 닿지 않을 노래를 부르고 있습니다

먼 광야에서 부르는
저토록 찬란한 음율에
닿을 수 있다면!

들리지 않는 별들의 함성

내 귀에 담고 싶어

오늘도 하릴없이

세량지 둑방길에 오릅니다

뿌리가 보낸다

빛이 없어 응달조차 지지 않는 차가운 흙바닥

그 밑은 깊고 어둡고 차갑고 슬프다

보이는 것은 없다

만져지는 것뿐이다

가느다란 뿌리의 손으로 붙잡을 수 있는 것은

산산이 흩어지는 모래흙이 전부다

가루만 남기는 모래라도 잡아야 한다

붙잡아야 산다

내가 버텨야 모두가 산다

내가 바닥으로 내려갈수록 너는 단단해진다

굵어지는 너의 줄기를 본다

피어나는 너의 이파리를 본다

마실 물이 있다면 네게 흘러야 한다

먼 우물에 물줄기가 흐르지 않아 목이 타도 참아야 한다

애가 문드러져도 내가 지탱해야 너희가 살 수 있다

그렇게 버티어 겨우 자리잡은

이 메마른 땅에서 너희가 완전히 피어났을 때

그제야 나는 마른 목을 축이려 마지막 잔을 든다

들꽃과 비

초여름의 비엔
들꽃들은 모르는
다정한 감이 있습니다

세찬 볕에 날이 뜨거워
밑 것들이 더울까 봐
그 걱정에 눈물을 흘리는 것이
분명합니다

열을 어찌 식힐까 고민하고
바닥에 있는 것들이 아플까 봐서
부드럽게 내려앉는 빗방울인데도

들꽃들은 그 다정함도 모르고

아이야 아프다 하며

물방울을 튕겨냅니다

여름 빗방울

그 무심함도 모르고

다시금 뛰어올라

들꽃을 위한 비가 되어 내립니다

후회

한참의 늦여름에 나는
얼마나 많은 열대야를 뜬눈으로 흘려보냈는가
때를 잃고 쏟아지는 여름비에
얼마나 눈물을 흘렸는가

세차게 떨어지는 빗줄기를 보니
당신이 떠오르는 것은 나의 후회다

바닥에 괸 작은 물줄기 되어
한없이 밑으로만 흐르고
당신의 흔적을 더듬다 흘린
눈물도 함께 뒤따라 흘러가는데

이미 늦어서 닿지를 않는가
차라리 오지 말 것을

왜 늦게 오는 것들은 항상

고통과 함께 찾아오는가

편지

집구석에 놓인 낡은 노트를 들춰보면
당신을 향해 보내는 편지가 묶음채 그대로 있습니다

노트에 적힌 모든 글줄기는
내가 당신에게 속삭이고 싶었던 모든 진심입니다

일월의 어느 날 해가 바뀌고 날은 차갑던 날에
눈조차 되지
못한 진눈깨비가 길을 더럽히고 있었습니다
오월의 따스한 날 푸른 이파리가 자라나는 싱그러움이
눈이 부시던 그런 날이 있었습니다.
십일월의 하루는 아무것도 쓰이지 못했지만 분명 그 이유가
있을 것입니다

모든 것을 버리고 이사하던 날에도

나는 당신에게 보낸 편지를 버리지 못했습니다.

이 노트는 낡은 그대로

또 낡아가기만 할 것입니다

화순 생각

개나리 만발하는 봄 날
경제적 공포가 내 마음을 점령할 때
和順이 그리워진다

태양이 짓누르는 여름 날
시간에 쫓겨 애간장 태우며 일할 때
산들바람 불어오는 和順이 그리워진다

짤그락거리는 단풍을 밟는 가을 날
어둠이 희미한 빛 속으로 녹아들 때 和順이 그리워진다

날카로운 바람이 심장 깊이 파고드는 겨울 날
피곤한 도시에서 인생의 덧없음을 느낄 때
和順이 그리워진다

和順 집 엄마 품이 그리워지면

오늘도 엄마의 뱃속에서 잠이 든다

국수

생채기 난 마음 둘 곳 없을 때 국수가 생각난다

주머니 속 천 원짜리 4장일 때 국수가 생각난다

오후의 햇살이 슬그머니 사라질 때 국수가 생각난다

소리 없이 내리는 비 쳐다볼 때 국수가 생각난다

고향집 어머니 쓸쓸한 뒷모습 생각날 때 국수가 생각난다

내 인생 황혼녘 늘그막에 국수를 먹는다

질곡한 인생 찬양하며 국수를 먹는다

고향의 존재를 생각하며 국수를 먹는다

국수는 가난이다

그러나 국수는 인생이 되었다

엄마 밥상

텃밭에 호박잎 따다가
살짝 익혀

된장 바글바글 쌈장 만들어
쌈 싸먹던 어린 시절
엄마표 쌈밥 잊지 못하네

돼지고기 앞다리살 툭툭 썰어
쉰 김치 넣고 푸욱 끓인
엄마표 김치찌개 잊지 못하네

비 오는 날
콩기름 냄새 온 동네 휘감으며
만들어준
엄마표 김치전 잊지 못하네

변덕스럽게 변해가는 가공식품들 앞에서

화려하게 치장한 요란한 밥상에서

순수하고 맑고 행복했던

어린 시절의 그 맛은 어디서도 찾을 수 없구나

거칠고 투박한 손으로 민첩하게 차려내는

엄마표 자연밥상이 오늘 더더욱 그립다

봄

국가는 가난하고 고달팠다
나도 가난하고 고달팠다

긴 겨울은
가난한 삶을
뱃가죽까지 들볶으며 혹독했다

척박한 땅에 초록 잎 하나 올라오면
봄이 보인다
삶이 보인다
희망이 보인다

화려한 빛깔들을 뽐내며
진달래 개나리가 쾌활하게 노래를 부르면
살랑살랑 바람들도 콧노래로 장단을 맞춘다

추위야 얼른 가라

가난아 얼른 가라

희망을 노래하는 봄이 왔으니

이제는

인생의 형태를 갖추지 못했던

피곤했던 과거를 묻고

쾌청한 인생의 봄을 찬양하련다

실존의 봄과 인생의 봄이 오늘 나에게 왔다

여름

비가 내리면
드넓은 평야에서
녹색 잎들이
없는 듯 존재하듯
더 투명하게 다가온다

불타는 날씨에도
이슬방울 맺히며 더 영롱해진 벼

임신한 부인처럼
배가 볼록한 토실한 옥수수대

포도며 사과며
바라만 봐도 배부를 과실들이
의기양양 영글어간다

빠알간 수박은

뼈속까지 시원하게 서비스를 해주니

더위에 들뜨던 마음이

잠시 황홀경에 빠진다

여름이 좋다

4부

아! 광주여,
금남로여

말쑥하게

이
얼마나 맑고
밝고 환한 말인가!

그 어린 시절
누이가 빨랫줄에
무명 이불을 빨아 널었듯이

오늘같이 수은주가
삼십 도를 웃도는
무더운 여름

우~ 소리를 내며 천둥 번개도 치며
소나기 한 줄금 시원스럽게 쏟아지고 난 후에
하늘 저편에서 빛나는 쌍무지개

이

얼마나

가슴 설레는 말인가!

냉이된장국

오늘은 아내가 끓여준 냉이된장국을 먹는다

냉이는
파릇파릇 미소를 지으며
된장국에 샤워를 한다

냉이가 입속에 진한 향기 풍기면
나는 살고 너는 죽는다

구비구비 인생길에 지칠 때마다
나에게 생기를 넣어준 냉이야! 된장아!

젊은 날
합법적 야망을 품고 세상아 비켜라 소리칠 때도
노동의 상실로 마음을 짓누를 때도

꽃중년 대사질환 걱정하는 오늘도

너는 나에게 작은 위로를 주는 보석 같은 존재다

나는 내일도 아내에게 냉이된장국을 부탁해야겠다

── 친구

내 어리던 날
진달래꽃 따 먹고 찔레도 꺾어 먹고 아카시아꽃 따 먹던
친구는 어디 갔니?

묘사(墓祀) 떡 받아먹겠다고 줄줄이 기다렸던
그 시절 그 친구들

돌아보면 그날 뛰어놀던
그 산과 그 들판이 두 눈에 아련한데

어린 시절 뛰놀던 벌거숭이 친구들아 보고잡다

달리는 산처럼
폭풍우가 몰아치면 잡아삼킬 만한 바닷물처럼
진한 삶의 냄새 풍기면서

거친 인생 헤쳐 나갔을 친구들아 보고 싶다

덤불숲 인생도 덧없는 인생이고
화려한 인생도 덧없는 인생이니

정신근육 움직일 때 만나자꾸나

뽕나무 그늘 아래서
막걸리 한잔 하자꾸나

눈물의 수육

침을 튀겨가며
시국 소식 전하는 친구들과
돼지고기 수육을 먹었다

상추와 깻잎 위에
수육 한 점
새우젓 꾹 찍어
소주와 입에 넣으면
시국의 소식이 흔들거린다

우리는 마치
대통령이 되었다가
장관이 되었다가
소시민이 되었다가
수육이 비워질 쯤 공적 분노가 더 치밀어오른다

맛있는 수육 위에
상추와 깻잎과 소주가 춤을 추면
걸쭉한 욕설이 왔다 갔다

정치의 전복은 언제쯤
1987년 어느 날

아! 광주여, 금남로여

무자비한 폭력으로 조작된 도시에서
진실의 언어는 검은 구름 속으로 조각조각 날아가고
덧없는 생존을 연명하며
소외되어 외로이 살아가네

보통의 권리마저 박탈당하고
잔인한 추억을 가슴에 안고
외로이 외로이 살아가네

금남로에
어둠이 내리면
수많은 존재들이 환영으로 나타나네

한 조각 희망 품고
슬프게 나타나네

너는 가치 있는 희생자이고
나는 무가치한 희생자인가

오늘도 소리 없는 민중의 외침은 활활 타오른다

황학동 장터의 하루

가난의 물건들이 몰려온다
삼시 세끼 연명하던 물건들이 몰려온다

갑오개혁 은수저 금수저도
경술국치 꽃단장한 옷장들도
근현대의 미제 옷들 여기저기 나뒹굴고
나이 먹어 쇠약해진 책이며 테이프며
시대의 뒤떨어진 물건들로 장터가 요란하다

애걸복걸 살아온 물건들이
새 주인 찾으러
거리로
황학동 거리로 쏟아져 나오지만
해 지도록 물건 하나 못 고르고
항거할 수 없던 지난날의 아픔만 떠오른다

끔찍했던

'상실의 시대'의 역사가 훅 지나간다

회복할 수 없는 역사가 훅 지나간다

가을

대추차 한 잔 마시며 가을을 명상한다

감 따다 곶감 만들며 가을을 명상한다

아이들은 제기차기 하다가
허기지어
감나무에 감 떨어지길
검은 눈동자 이글거리며 쳐다본다

봄의 씨앗과
여름 노동력의 산물이
가을날 우리의 몸을 점령한다

나는 붉은 잎 앙상해질 때까지 가을과 동행할 것이고

뽑다 남은 배춧잎 서리 덮일 때까지 가을과 동행할 것이다

가을은 존재의 근원이다

간이역

그 옛날 그곳에는
기차가 서고
그 많던 사람들이 내리고 탔다

그 옛날 간이역엔
봄에는 초록 새싹
가을엔 코스모스 만발했었지

지금 그곳 간이역은
기차가 서지 않고 지나갈 뿐이네

삶의 설움을 토해내고 위로받던 간이역

사조의 흐름이 바뀌는 동안

그 많던 사람들이 내리고 탔다
너는 초라하고 메마른 모습 그대로구나

봄을 기다리며

스산한 바람이 분다
음습한 바람이 얼굴을 때린다
냉정하리만치 차가운 겨울은
궁핍한 마음을 더 처량하게 만든다

흰 눈이라도 내리면
꿈꾸던 희망이 부풀어 오를 텐데
애꿎은 진눈개비와 비가
흙길을 난장판으로 만든다

겨울아 떠나거라
밤의 얼굴을 한 겨울아
질질 시간을 끌지 말고 가거라

생동감 넘치는 봄아 오거라

초록빛 예쁜 얼굴을 하고 오거라

핑크빛 옷을 입고 오거라

봄이 오면

나는 사랑을 하리라

가을이 깊어 간다

가을이 깊어 간다
인생이 깊어 간다

불긋불긋한 단풍이
사방팔방 떨어지면
가을이 깊어 간다

해가 설핏 기운 들판에
억새꽃이
은빛물결 춤을 추면
가을이 깊어 간다

들녘이 비워지고
허수아비 춤사위 사라지면
가을이 깊어 간다

내 인생도

빈곤한 의식을 수정하며

삶의 길을 걸어간다

인생 찬가

장미꽃 속에서 보았네
찬란한 태양 아래
빛나는 봄의 향기를

버스 창밖으로 보았네
빗물에 흩어지는 초록 진한 여름을

화순 시골 들길에서 보았네
코스모스 지는 쓸쓸한 가을을

인사동 찻집에서 보았네
앙상한 가지만 남은 나무의 처량한 겨울을

늙어가는 나의 마음을 보았네
삶의 풍취를 잃어가는 인생의 여정에서

벚꽃

매혹으로 다가와

화려한 절정에

영롱한 빛을 잃은 벚꽃아

봄날의 생도

너의 생도

나의 생도

유감스럽게 가는구나

참외

너는 어디서 왔니
노란 옷 입고 어디서 왔니

너는 어디서 왔니
갈증 날 때 기쁨을 주고

된장 박아 장아찌로 허기질 때 친구해주고

생성과 소멸로
인간을 기쁘게 해주니

고마운 참외야
너는 어디서 왔니

진달래꽃

봄을 알리는 너
참으로 예쁘구나

처음에는
초라하고 메마른 모습이지만
꽃분홍 화장하고
자태를 뽐내는구나

돌보는 이 없지만
우아하고 매혹적인 모습으로
너는 우리에게 행복을 주는구나

진달래야
진달래야
내년에도 나랑 친구해주렴

들뜨는 봄날
친구해주렴

그리운 보리밥

벼랑 끝 인생일 때
보리밥이 생각났다

내 삶의 풍요가 왔을 때
보리밥이 생각났다

본래 내가 보리밥 인생이었지만
세월의 격랑을 헤쳐 나오면서도
나의 의식은 빈곤하지 않았다

지나치게 예민했던 시절에 먹었던 보리밥과
지디피 삼만 불에 먹는 보리밥은 동일한 맛이다

정신이 허기질 때 보리밥을 먹자

펜팔

생명의 봄이 움트기 시작하면
살랑거리는 마음을 주체할 수 없어
얼굴도 모르는 소녀에게 편지를 쓴다

폭풍우가 미친 듯이 춤을 춘 뒤
물기 마른 숲길 사이로 찌르레기 울면
얼굴도 모르는 소녀에게 달콤한 언어를 썼다 지웠다
수정해 가며 편지를 쓴다

칙칙한 어둠 속에
고독이 밀려오는 겨울밤
그리운 마음 여밀 수 없어
얼굴도 모르는 소녀에게 알 수 없는 내적 감정을 풀어 놓는다

모든 것이 행복했던 그 시절

사랑이 뭔지도 모르던 그 시절

나는 부드럽게 편지를 쓰고 연민으로 답이 오면

이미 나는 로맨스 기술자가 되어 있었다

세월이 흘러

단풍이 떨어지는

가을의 끝길에

나는 사랑하며, 설레며, 흥분하며

얼굴 모르는 소녀에게

감정 교환하며 공허한 마음 주고받던

그 시절이 떠올랐다

얼굴도 모르는 그 소녀가

젊은 날의 향기와 함께

내 마음 깊은 곳에 기생하고 있었다

사적 흔적은 진한 향수되어 밀려온다

흰 눈

가을걷이 끝난 들판에
포근한 흰 눈이 내려온다
쪽빛 햇살에 부서지며 내려온다

뽑다 남은 배추 위에도
추수 끝난 볏단 위에도
은가루 뿌리듯
흰 눈이 내려온다

들판은 엄마 품처럼
평온하게 누워 있고
하얀 눈은 밤하늘의 별들처럼 화려하게 빛난다

나는 부드럽고 우아하게 내리는
하얀 눈을 몹시 사랑한다

12월의 하얀 눈을 몹시 사랑한다

차가운 12월의 대지 위에
하얀 눈은 고요한 위로와 평화로 누워 있다

—
겨울

눈보라가 몰아치는 날

강가의 얼음은

꽝꽝 얼어

동네 꼬마들

힘차게 팽이를 돌리면

쌩쌩하던 추위도

어느 집 처마 끝 햇살 아래

늘어져 잠을 잔다

소리 없이 깊은 침묵 속에

늘어져 잠을 잔다

동백꽃

청순하게 아름다운 너
고고한 자태가 아름다운 너
맵찬 바람에 흐득흐득 시달리다
봄소식 알리며
단칼에 떨어지는구나

먼 옛날
동짓달 추운 겨울
등잔불도 되어주고
민초들의 살림살이도 되어주고
인간들을 위해 한평생 살아왔네

저리도 붉게
불여수처럼

지리산

남도의 젖줄기라 불리는 지리산
봄, 여름, 가을, 겨울
아름다운 풍경을 선물하네

산청과 하동과 함양과 구례와 남원이 친구 하며
울창한 수목과
거친 산세가 병풍처럼 펼쳐져 있네

마음이 소란할 때 배낭을 메고 지리산을 가자

새파란 인생이 그리워지면 배낭을 메고 지리산을 가자

그리고
무거운 마음 지리산에 내려놓고
텅 빈 마음으로 돌아오자

잡다한 삶의 냄새들을 다 내려놓고
텅 빈 마음으로 돌아오자

어머니

고추밭에
뜨거운 햇볕이 사정없이 내리쬘 때
입 양옆으로 곡선을 그리고 있는 어머니가 보인다

휘몰아치는 바람이
옥수수 밭을 휘젓고 돌아갈 때
거친 손 바쁘게 움직이는 어머니가 보인다

찢어지는 구름 사이로
돌풍을 일으키며 소나기가 쏟아질 때
찌그러진 양재기에 꽁보리밥 열무김치 비벼먹던
어머니가 보인다

이가 빠진 칼 위에도 어머니가 보인다

저무는 인생길에 마음의 창문으로
어머니의 온기가 나에게 들어왔다

어머니의 견고한 주름이 나에게 들어왔다

생

나무도 달아나고
산도 달아나고
바다도 달아나고
나만 남았네

비도 달아나고
구름도 달아나고
어둠도 달아나고
너만 남았네

시간도 가고
행복도 가고
인생도 가니
부질없음만 남아 있네

유감스럽게

가는 세월 잡을 수 없는 인생만 남아 있네

내 좁은 소견으로는 인생을 알 수 없네

김장 담는 날

가을 햇볕 내리쬐어
배추 속이 호박 속처럼 잘 익었네

온 동네
아지매들
3년 묵은 천일염에 배추 절여 조물조물

쪽파, 마늘, 생강, 생새우, 황석어젓, 멸치액젓, 무, 굴 찹쌀풀에
고춧가루 집어넣어 신나게 버무리고

돼지수육 김치 얹어
막걸리에 다블다블

겨울반찬 걱정 없어
아지매들 함박미소

마을이 들썩이고

강아지도 흔들흔들

꽃단장한 김치들도 제멋대로 실룩샐룩

겨울 추억

밤새
새하얀 눈이 쌓인 길을
나는 달그락달그락 걸어가네

눈꽃이
영롱하게 나뭇가지에 걸려 있고
그 사잇길로
나는 터벅터벅 걸어가네

사르르사르르
빤드득빤드득

온 세상이 사탕솜이 되었다가
하얀 도화지가 되었다가

밤이고 낮이고
끝없이 내리는 눈앞에서
눈길의 그림자는 환영처럼 따라가네

질풍노도의 시절에
눈길을 걷던 모습이
추억으로 스멀스멀 밀려오면
저릿저릿 가슴으로 아련하게 찾아오네

아슬아슬한 인생길에 눈부신 겨울이 나에게 찾아오네

뼛속 깊은 고독을 품고 나에게 찾아오네

망월동

깨복쟁이 우정과
풋고추 아삭아삭 씹으며
망월동을 생각한다

얼큰한 매운탕 한 수저에
망월동의 비참했던 슬픔이 서글프게 지나간다

참혹했던 그날을 누가 보상하랴
이름도 없이 무고하게 죽어간
시민들의 절규가 날카롭게 들린다

독재 정권
국가 폭력
집단학살이 야만을 낳았지만

현란한 세월이 늙어서

네 바퀴나 바뀌었어도

망월동은 침묵 속에 살아서 팔딱거린다

우울한 과거가 팔딱거린다

5월의 어느 날

흐드러지게 핀 장미가 한 잎 두 잎 떨어지면

망월동이 그리워진다

애틋하게 더 그리워진다

끝없이 되풀이 되는

인생길에

망월동의 심장들은 역사 속에 살아 있으리

깨복쟁이 우정과

갈갈이 찢겨진 마음을 매운탕과 막걸리로 달래며

망월동을 생각한다

겨울이 가네

바람이 사정없이 맹렬하게 불기 시작한다

깡마른 대지에 먼지들이 휘감는다

구름 위에 삐쭉 들어난 햇빛은
어느 집 창가에 위태롭게 걸려 있고
옷을 벗어 상처받은 나무들은 목석 되어
기약 없이 봄을 기다린다

하얀 눈이 하늘에서 내린다
부드럽게 내리는 눈은 대지를 덮는다

장독대에도 스무 평짜리 마당에도 기와지붕 위에도
나뭇가지에도 말라붙은 개울에도
가을걷이 끝난 논과 밭 위에도 눈은 소리 없이 내려와 앉는다

온 동네 남자들은 눈 치우느라 여념 없고
아이들은 신나서 눈사람을 만든다

해는 산중턱으로 넘어가고
어둠이 깔리기 시작하면 맹렬한 추위도 밤 깊이 사라진다